U0106275

反斗奇兵
精選故事集

✦ 自我探索篇 ✦

新雅文化事業有限公司
www.sunya.com.hk

反斗奇兵精選故事集
自我探索篇

作　　者：Apple Jordan、Christine Peymani、Annie Auerbach
翻　　譯：張碧嘉
責任編輯：楊明慧、陳奕祺
美術設計：黃觀山
出　　版：新雅文化事業有限公司
　　　　　香港英皇道 499 號北角工業大廈 18 樓
　　　　　電話：(852) 2138 7998
　　　　　傳真：(852) 2597 4003
　　　　　網址：http://www.sunya.com.hk
　　　　　電郵：marketing@sunya.com.hk
發　　行：香港聯合書刊物流有限公司
　　　　　香港荃灣德士古道 220-248 號荃灣工業中心 16 樓
　　　　　電話：(852) 2150 2100
　　　　　傳真：(852) 2407 3062
　　　　　電郵：info@suplogistics.com.hk
印　　刷：中華商務聯合印刷（廣東）有限公司
　　　　　廣東省深圳市龍崗區平湖街道鵝公嶺春湖工業區 10 棟
版　　次：二〇二二年四月初版
　　　　　二〇二三年十一月第二次印刷

"*Space Adventure*" by Apple Jordan. Illustrated by Federico Mancuso, Giorgio Vallorani, and Jeff Jenney. Copyright © 2011 Disney / Pixar
"*Showtime*" by Christine Peymani. Illustrated by Mario Cortés. Copyright © 2010 Disney / Pixar
"*Sunnyside Boot Camp*" by Annie Auerbach. Illustrated by the Disney Storybook Artists. Copyright © 2011 Disney / Pixar

ISBN: 978-962-08-7973-9
© 2022 Disney / Pixar. All rights reserved.
© Mattel, Inc. All rights reserved.
Published by Sun Ya Publications (HK) Ltd.
18/F, North Point Industrial Building, 499 King's Road, Hong Kong
Published in Hong Kong SAR, China
Printed in China

太空歷險

認識自己

豆豆們玩了好一會兒踢球遊戲，都開始累了。

「皮提豆，胡迪叫你跑啊！」佩洛豆氣呼呼地說，「但你就是不肯聽！」

「不，他叫麗詩豆跑。」皮提豆說，「他以為我是她！」

「不可能吧！」麗詩豆說，「雖然我的樣子跟你一樣，但不代表我的一舉一動也要跟你一樣啊！」

「嗯。」巴斯光年說，「不如大家休息一下吧。」

　　豆豆們同意稍作休息，不過要巴斯給他們說一個故事。

　　「從前……」巴斯說，「邪惡的索克天王偷了太空戰士的絕密戰衣。星際總部知道只有我才能把戰衣奪回來！」

「嘩！」胡迪說，「真想知道當太空英雄的感覺是怎樣的。」

「我也想知道啊。」抱抱龍說，「巴斯，我希望在故事裏出現，並擁有粗壯的雙臂，可以嗎？」

「當然可以啊！」巴斯說。接着，他繼續說故事。

由於我要前往危機四伏的太空，所以帶了一支特別的部隊。

「中尉胡迪報到！」胡迪說，「我穿了一套很時尚的戰衣，它還連着槍套的呢！」

「別忘了還有少尉抱抱龍。」抱抱龍補充說，「看我這對巨大的機械爪！現在我可以做敬禮的動作了！」

「我們在索克星球降落時，聽見一陣巨大的嗡嗡聲。」

「是什麼來的？」皮提豆問。

「沒有人知道。」巴斯說，「我們需要去調查一下。」

「嘩！」胡迪叫道，「我在這裏可以飛翔！」

「我也能揮動手臂啊！」抱抱龍說，「這真好玩！」

「大家要小心注意四周啊。」我告訴他們，「敵人隨時會出現。」

突然，我們看到一支軍隊！有數以百計的索克機械人整齊地排列在峽谷中，他們都在嗡嗡作響。

「上尉，這裏就讓我們來處理吧。」中尉胡迪說。

「好極了。」我說，「我要去找索克天王的總部，奪回那套太空戰衣！」

但是天王的總部在哪裏呢？我沒走多遠，又聽見那嗡嗡聲。

這次，只看到一個索克機械人。他從哪裏來的？索克機械人通常不會獨自行動。而這個機械人發出的聲音很奇怪，好像在哼着一段旋律。

「別開槍！」機械人大叫，「我
跟其他機械人是不一樣的！我叫索尼，
我不想發出嗡嗡聲。我想唱歌，但天王不准我們唱歌。」
　　看來這個機械人也是跟索克天王對立的！不過這關乎
全宇宙的安危，我怎能相信他？
　　「我會帶你去找太空戰衣。」索尼承諾。

索尼遵守諾言，很快便把我帶到索克天王巢穴的中心地帶——太空戰衣收藏之處。

　　正當我伸手去拿戰衣時，一羣索克機械人撲出來
攻擊我。我看到他們已經捉住了我的隊友。
　　「我被出賣了！」我叫道。

「對不起，上尉。」胡迪說，「我們被索克機械人制服了！」

現在不是說話的時候，因為機械人的首領走了進來。

16

「我們又見面了，巴斯光年。」索克天王說，
「我保證這次會是我們最後一次見面了。」
我和隊友這次完蛋了。

「言之過早呢，索克天王。」
一把聲音傳來，原來是索尼！
「閉嘴，機械人！」天王命令。
「不。」索尼說，「看起來我好像跟其他機械人一樣，但我不須跟他們做同樣的事情！」
然後，索尼開始唱起歌來！

索尼越唱越大聲，聲音令洞
穴頂的鐘乳石都掉下來，剛好落
在索克天王的四周，把他困住。
「拿下那個唱歌的叛徒！」
索克天王大叫。

　　就在索尼差點被其他機械人抓住之際，他將我們鬆綁，讓我們重獲自由。

　　我立刻爬進那件太空戰衣。我穿着的特製能量衣跟太空戰衣結合後，令我的戰鬥力倍增。而我的隊友們都各自使出絕招，擊退敵人！

　　索克機械人很快被我們打敗了。我們取
回太空戰衣，並把索克天王關進囚室裏。

　　「我的大手臂萬歲！」抱抱龍喊道，他的機械手指蹵
蹵作響，「其實我的大尾巴也不錯啊。」

　　「中尉胡迪向星際總部報告。」胡迪說，「我們完成
任務！」他笑了笑，「我一直都很想說這句話。」

我們回去地球時，看見索尼正在教導其他機械人唱歌。隨着他們的歌聲，索克星球漸漸產生變化。洞穴和懸崖都倒塌了，綠油油的地上開始長出各樣的花朵和樹木。

索克星球變成了一個
和平的地方。

「故事完了！」巴斯說。

「知道了嗎？索尼有自己的個性，就像你們各有
不同的性格。」胡迪說，「對吧，皮提豆？麗詩豆？」

「噓！」翠絲悄聲說。豆豆們已經睡得很甜了。

天才表演

發揮潛能

安仔的玩具來到寶妮的房間，這是
他們的新居。大家安頓好後，桃麗宣布
她有一個計劃，能夠加深彼此的認識。
「不如我們來個天才表演！」她說。

28

所有玩具都非常興奮。他們迫不
及待想要施展渾身解數。

大家都忙着為表演做好準備，有的練歌、有的製作布景道具、有的在背誦台詞，但巴斯光年卻獨個兒站在一旁思考。他的朋友們似乎都知道要表演些什麼，但他還未有決定。

30

巴斯覺得自己有很多本領，畢竟他是英勇的
太空戰士。他才華橫溢，但表演哪一樣才好呢？
他想表演一個超級壯觀、令人驚歎、與別不同的
項目——令牛女翠絲留下深刻的印象。

突然，他留意到火腿和牛油仔正在排練喜劇。巴斯知道翠絲很喜歡笑話，如果能演出這個喜劇，翠絲就會知道他有多幽默！

　　「我可以模仿不同的人啊。」巴斯一面說，一面示範給他們看。他戴上胡迪的帽子，說：「大家好！我是警長胡迪。你們知道我的靴子裏有蛇嗎？」

　　「你的聲音似乎不太像胡迪。」火腿笑着說，「而且還有點生硬。」

巴斯這時卻心不在焉，他發現箭豬先生和三眼仔們正在排戲。「翠絲很喜歡看戲！」巴斯心想，立刻走了過去。

　　幾隻三眼仔對這次演出感到非常興奮。箭豬先生正在指導三眼仔演戲，他還邀請巴斯加入呢。「戲裏有很多角色啊。」箭豬先生對他說，「我們想要製作一齣經典劇目《羅密歐與茱麗葉》！」

　「很棒啊！」巴斯說，「如果再修改一下劇本，這齣戲應該會更好看，對吧？不如我們創作一個全新的版本《羅密歐與茱麗葉的太空之旅》！」
　一時之間，箭豬先生不知道該怎樣回應他。

這時，巴斯聽見翠絲的聲音。「啊，你真是個非凡的太空戰士！」

巴斯以為翠絲在跟他說話，轉身想要回應時，卻看到翠絲已經走遠了。原來，她剛才在稱讚抱抱龍，抱抱龍跟彩姿正重演巴斯光年電子遊戲中最精彩的一幕。

不過，抱抱龍卻皺着眉。「我覺得這一幕好像欠缺了什麼。」他跟彩姿說。

巴斯踏前一步，說：「可能是缺少了我！」

抱抱龍和彩姿很開心真正的巴斯能加入演出。

「翠絲看見我的表演，肯定會被我迷倒！」巴斯微笑着說，想像翠絲一臉陶醉地看他做出一連串太空戰士的動作。他熟練地使出空手劈，又用雷射槍掃過房間，跟着從家具上一躍而下，大叫：「太空戰士，一飛衝天！」

　　巴斯流暢地完成太空
戰士的招牌動作，感到相當自豪。
　　抱抱龍和彩姿都瞪大雙眼望着巴斯。「遊戲裏的情
節可不是這樣的。」抱抱龍低聲地跟彩姿說。

此時，彈弓狗呼喚巴斯。「喂，巴斯！看看他們的步法，真棒啊！」

巴斯看見胡迪和紅心正在練習騎術。他們真的非常擅長牛仔競技表演。

忽然，他心生一計──不如表演一個很酷的拋球雜技吧？翠絲一定會喜歡！

巴斯看見豆豆們在附近，就問道：「誰想跟我一起表演？」

豆豆們跳上他的手，巴斯便開始把他們輪流拋起來。為了讓表演更精彩，他還加入不同的花式呢！

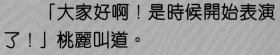

　　「大家好啊！是時候開始表演
了！」桃麗叫道。

　　其他玩具趕緊就座。翠絲呼喚
巴斯：「來吧，巴斯！你準備好了
嗎？很期待看你的演出啊！」

　　巴斯的笑容僵住了。「噢，糟
糕了！」他緊張起來，喃喃自語。
他仍未決定要表演什麼呢！

　　台上，紅心在播放音樂。

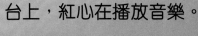

43

44

房間裏充滿活潑輕快的音樂⋯⋯突然，巴斯全身
顫抖。

他的腳開始擺動，手也跟着揮舞起來。巴斯的身
體隨着音樂不停扭動，豆豆們立刻順勢彈開。

音樂彷彿操控着巴斯的身體！

　　巴斯不由自主地跳舞，而且停不下來！

　　他由房間的一邊跳到另一邊，並徑直走向翠絲。他用雙手抱住翠絲，一轉身，差點把翠絲摔在地上。

　　「啊，我……我不知道為什麼我會這樣做。」巴斯紅着臉向翠絲道歉，「我控制不了自己！」

　　翠絲面帶笑容。她清楚知道發生了什麼事情──音樂開啟了巴斯的西班牙舞蹈模式！

　　「沒事的，巴斯。」她悄聲說，「順其自然吧！」

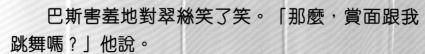

巴斯害羞地對翠絲笑了笑。「那麼,賞面跟我跳舞嗎?」他說。

翠絲點點頭,他倆便在台上盡情地跳舞,俯身揚手,轉圈扭腰,全程都笑容滿面地看着對方。

朋友們都熱烈鼓掌,大聲歡呼。

音樂完結時，巴斯和翠絲一起向大家鞠躬。

巴斯容光煥發。他最終能令翠絲留下深刻的印象，並發現自己原來有一樣隱藏的天賦，讓他演出了這個精彩新穎、夢寐以求的節目！作為天才表演的第一個項目，真棒啊！

新兵訓練營

團隊合作

一天早上，巴斯光年和抱抱龍來到陽
光托兒所。他們確認四周安全了，便從寶
妮的書包跳出來。雖然他們現在跟寶妮一
起生活，但巴斯和抱抱龍還是喜歡來探望
其他玩具。

巴斯跟隊長打招呼。隊長以前也是安仔的玩具，但後來安仔上了中學，隊長和他最後兩個綠色小士兵便在陽光托兒所住下來。

隊長告訴巴斯，他希望自己的團隊能更強大。

「你可以招募更多士兵啊。」巴斯說，「不如我們舉辦一個新兵訓練營吧。」

隊長看着四周那些懶散的玩具。要訓練他們
一點也不容易，但他已準備好接受這個挑戰！

抱抱龍很緊張，但其他玩具都對參加新兵訓練營感到興奮。

「要穿靴子參加嗎？我的鞋櫃裏有很多靴子！」阿Ken 說。他立刻跑去換鞋，大家都來不及向他解釋新兵訓練營是什麼！

到了托兒所的午睡時間，玩具們都偷偷走到外面。
「士兵們，開始訓練。」隊長命令。
對八爪仔和大 B 而言，舉重訓練易如反掌。
不過，抱抱龍卻感到有些吃力。「很重啊！」他叫道。

不一會兒，阿 Ken 穿着一身新的裝束，並帶了很多盒靴子回來。「我準備好參加靴子營了！」他高興地說。
「就是這種衝勁。」隊長說，「去庭園跑幾個圈吧。」

阿 Ken 一臉驚訝。「什麼？這些靴子不是用來跑步的！」

這時，其他隊員都很努力地練習。大舊正在推動一堆積木。

噴火哥正在用橡皮圈做一些阻力訓練。

抱抱龍在練習跨欄……起碼他嘗試跨過去。

隊長命令大家去溜滑梯。

「衝！衝！衝！」

噴火哥先溜了下來，接着是大 B 和八爪仔。

「抱抱龍，到你了！」隊長說。

抱抱龍看着滑梯，真是又高又可怕啊！

「啊──」他尖叫着跑掉了。

「彈彈車！立刻準備！」隊長下令，「開動！」
抱抱龍跳上一輛彈彈車，並慢慢地搖動他。

接着，大 B 也爬上彈彈車。

「太快了！太太太快了！」抱抱龍叫道，「停啊！」

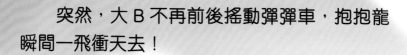

突然，大 B 不再前後搖動彈彈車，抱抱龍
瞬間一飛衝天去！

抱抱龍飛到一座玩具屋的頂部。

「不要向下望，不要向下望。」他對自己說。接着他不經意地向下望了一眼。

「啊──」

隊長和巴斯立刻商量營救抱抱龍的方法。

「我們一定要同心合力。」巴斯告訴玩具們。

除了阿 Ken，所有玩具都同意幫忙。

「可是我正穿着罕有的復古靴子啊……」阿 Ken
指着自己的靴子說。

營救行動開始了。
玩具們一個疊一個，但
他們距離玩具屋的頂部
還很遠呢！

巴斯望向下面的阿 Ken。「我們
需要你的幫忙，士兵。」
　　「好士兵不會拋下其他隊員不管
的。」隊長補充說。

　　阿 Ken 想了想，堅定地點頭，說：「你說得對。
時裝從來都不是我的負累！」他爽快地脫下靴子，
爬到巴斯的肩膀上。但他仍然觸不到抱抱龍！

阿 Ken 心生一計。他請八爪仔把那對 1972 年的櫻桃紅間條厚底靴子拿給他。當阿 Ken 穿上靴子，終於抓住了抱抱龍。

阿 Ken 用力一拉，將抱抱龍拋到半空中。抱抱龍落在八爪仔的頭上，再反彈到沙池裏。

「我們成功了！」玩具們一起歡呼，他們把阿 Ken 拋上半空。

「士兵們，做得好，任務完成。」隊長說。

「這樣挺好玩的。」抱抱龍對巴斯說，「我們回到寶妮的房間，可以再來一次啊。」

巴斯看到阿 Ken 在專心繪圖。「謝謝你今天的幫忙。」巴斯說，「你是個很好的士兵！」

「謝謝你，巴斯。但好是不夠的。」阿 Ken 說，「當我完成新軍靴的設計，我們這隊新兵就是最棒的了！」